はだかむし

恩田侑布子句集

句集・はだかむし

目次

装丁・南　一夫

句集　はだかむし

雲を手に

蕾んではひらく空あり夏つばめ

切処《きれつと》の空に召ばるゝ夏は来ぬ

濡れ縁やほたるの闇に足を垂れ

明眸とちがふ岩魚の面構へ

黒き龍つがへる梁の涼しさよ

滾つ瀬の音や万緑のぞき込む

星鴉八《ヤツ》ヶ岳の主峰に導けよ
岳くだりしらねあふひの風にかな

瀧音の一つまたゝび白き葉も

羽あるは平らかに死し日の盛

宙ゆらぐ前に帰らん夏の闇

かな〱の声に沖ある目覚めかな

竹山の雨は小粒や霊迎へ
古人みな小がらに坐《ま》しぬ山すゝき

澄む水の削りし大地なりにけり

ふるさとの輪郭かすれ花茗荷

故山なほ褶曲したり穴惑

水門のかたく鎖ざされ天の川

一つらに青天と恋銀やんま

杢目みな山脈なりぬ秋の聲

はゞたきの水はブレーキ星羽白

障子貼るぐわんぜなき日の雲を手に

たまゆらは永遠に似て日向ぼこ

世阿弥元清

雪しまく腰掛石の遺跡かな

わたつみへかをりさらはれ水仙花

めしひたる狐火に蹤けられにけり

リヤカーの骨組み残り石蕗の花

青空のいつも直《ひた》面《めん》年用意

足音のおのがじしなり落葉ふむ

影ひとつくださいといふ雪女

寒暁やみかへり弥陀は胸はだけ

水音のほかは黙せり初景色

書初の硯の海に待たれをり

つやゝかに吾も釣られたし初戎

風神のそびらまぎれし冬の梅
三界に家なし　ぬくき女面

いつの世かともに流れん春の川
星おぼろ草葉のかげのよろこびも

やぶ椿さゞなみもなき水占に
毛氈の緋の底なしやひゝなの夜

ゆびさきは月のにほひの雛かな

おほぞらはみづあさぎなり貝合せ

青《せい》漆《しつ》の柱に凭れ春の湖

天つ日をちりめん皺に春の水

春愁やはんこのやうな象の足

ひよこ〳〵散華のごとく生れ来し

まつことの待たるゝことに似てさくら
花あかりとほい〳〵とな云ひそ

まつはりし孤影ぬぐはん花の雨
花の雲あの世の人ともやひつゝ

はなびらのひかり蔵《しま》ふといふことを
円空の割りし柾目や花の昼

菜の花のとろり暮れたり野面積

虚無僧の網目のなかも花あかり

星霜の密《しゞ》なるしだれざくらかな

ゆく春へ擬鳳蝶蛾《あげはもどき》の開張す

身一つを容れゝば縊れ花の闇

咲きみちて天のたゆたふさくらかな

あめのまなゐ

秋草やそれは小さな三日月湖

冬瓜のうぶ毛浄土の太りゆく

君来ませ真赭《ますほ》の芒沫立てゝ
つゞれさせゆめには夢をあたふべし

杉苔の起伏ゆるやか秋のこゑ

底なしや一足ごとに天の川

ゆふひぐらし翠巒に骨うづめなむ
墓原を抜けて高きに登りけり

母てふ字永久に傾き秋の海

貴船菊ゆれて音沙汰なかりけり

描き眉の白《びやく》炎《えん》雨月物語

南面の樟の神木冬に入る

小春日の海たれかれの死後の景

山茶花や天の眞名井へ散りやまず

大空のまほらゆこぼれ帰り花
よく枯れてかがやく空となりにけり

いちまいの羽なきからだ十二月

すり減りし靴底を履く冬銀河

白鳥の胸裹《つゝ》まむとうるし闇
まぎれなく遡《のぼ》る真冬の翡翠よ

青空に突つかい棒のなき寒さ

華甲とは水仙の葉をひとひねり

春星忌ひとひらの雪はらひつゝ

蚕室の手斧《てうな》削りや冬籠

淡交をあの世この世に年暮るゝ

闇踏める菩薩のはだし去年今年

初あかり幸《さいはひ》小《ち》さきこそ佳けれ

御降りに音のなきこと駿河湾

山《やま》祇《つみ》へ奉書一枚鏡餅

身体髪膚鏡に嵌まる淑気かな

初夢に醍醐の水を酌みゐたり

天地のあはひゆたけし筆始

弓始大和島根を撓はせて
あご鬚はかく長かれと飾海老

そゝり立つ北斎の波去年今年
まばたきにまじる金粉三ヶ日

梅花皮《かいらぎ》の糸底を撫で冬うら、
ふくよかな尾が一つ欲し日向ぼこ

『枕草子』「森はこがらし」の辺に骨を埋めんと

木枯森《こがらしのもり》へ石ころ無尽蔵

経緯《ゆくたて》もなきふみつゞり春の雪

足もとのどこも斜めよ野に遊ぶ

たまゆらはうつぶせに寝て花筵

茶畠の峠までゆく日永かな

ひとや木や八十八夜の魑魅《すだま》抜け

吊橋は杉の無垢板夏に入る

天日は鏡なるらん余り苗

生《あ》れたての雲かづきては瀧めぐり

仙薬

草摘むやひと待つごとき地平線

仙薬は梅干一つ芽吹山

遠足の大空につきあたりけり

クリスタルキューブの時計若葉雨

手鏡のかはる〴〵の涼しさよ

山かけてたばしる水や花山葵

振りむく子片手抱きして夏めけり

足あとのちゞみ初めたる植田かな

家風とす名もなき山の薫風を
とこしとはの初日ありけり夏休み

青嵐おのれを島とせよと釈迦

身とかげとわかれ蜻蛉の生れけり

手にとれば空気なりけり小判草

梁《うつばり》にみおろされたる日々涼し

花かぼちゃやもう厄年のなき女

辣韮に塩人生に誤算あり

蝙蝠にしはくちやの夜の始まりぬ

出はひりは四足なりぬ蚊帳の口

歳月やこゝに捺されし守宮の手

生きて死ぬ素手素足なり雲の峰

萬年の山がぐるりと虫送り
口紅をさして迎火焚きにゆく

つくも髪花からすうり瞬けば
いまはそのむかし〱や天の川

骨伸ばしやるかに盆提灯ひらく
水に生《あ》れはゝそばの母火に送る

かな〳〵の雲母《きら》ふりしきる故山かな
わが一生《ひとよ》おしろい花の笛鳴らす

水澄むや敬語のまゝに老いし恋
ふたゝびは逢はぬ男よちんちろりん

朝なさな草の戸は

遮莫《さもあらばあれ》あめつち躍る猪ぬた場

よろづやの灯ともして購ふ青蜜柑

月光をすべり落ちさう湯舟ごと
茶の花のやうに語らひたき人よ

かけさりし幼らのこゑ龍の玉

日あたれば岐れ路ある枯野かな

逆光の枯蘆に立ち上がりけり

霜ふらば降れ一休の忌なりけり

清沢神楽

神楽太鼓枹一拍は天のもの

赭々とほゝゑむカペラ神楽笛

奇天烈な眉根りうりう神遊
農鳥《のうとり》岳の北風つよし太刀の舞

里神楽星へつがへる白羽の矢

鬼の歯は川原石なり里神楽

須佐之男のすねげは自毛里神楽
山一つ眠らんとして眠られず

雨垂れの珠と囃せる神楽かな

藪の中かさこそ一陽来復す

母呼ばぬ永き歳月冬牡丹
数へ日のせまる紺青駿河湾

橙の鎮座にはちと小さき餅

家族一列初凪のまぶしさに

牛蒡注連うねりくねつてどこへゆく

凧糸をひく張りつめし空を引く

あたしらは信女でいゝわ野蒜掘

汽水湖や尻から春の風抜けて

古草に赤みさしたるこぬか雨
なきひとは在りし人なり木の芽風

鶯のこゑゆき暮れし塩の道
なりゆきは天界まかせ竹の秋

何んの色ならん春愁うらがへす

ゆく春や赤ちやうちんを汀とし

肩の荷は重きがよろし麦の秋

袂より風を入れなむ蓮見舟

青人草そよぐ尺玉花火かな

富嶽三十六景

初富士や大空に雪はらひつゝ

富士背負ふ名もなき山の初湯かな

なかんづく料峭の富士とほき肌

川向ひ富嶽溶かせる春の闇

白頭の富士と連れ立つ日永かな

富士のはら透きとほりつゝ春逝ける

いきほひや薩埵峠《さった》こえゆく夏の蝶

富嶽切る腹の真白よ夏つばめ

かぐや姫の鏡やましやくやく涌けり

夏霧や胸のとぼその芙蓉峰

新涼の富士の素肌にまどろめり

富士山頂色なき風の鳥居かな

少年は韋駄天走り富士薊

しら雲を古琴としたり秋の富士

遠富士へ紅《べに》潮《さ》す美男葛かな

冬日和うつかり富士と話し込む

筋トレはタオル一本冬の富士

いまわれを脱ぎさる途中冬の富士

乗初やゆんでにめてに富士と海

初富士を仰ぐ一生《ひとよ》の光源を

初富士に抱かるゝあらひざらひかな

いつてらつしやい背中から春の富士

不死薬のした垂るしづく富士ざくら
波うてば駿河舞なり皐月富士

火神生み木花開耶《このはなさくや》姫明易き

爽やかや辿りし樹海見下ろせり

初しほにひろひし仔犬富士額

きみのゐるそこが正面秋の富士

富士はいま一はけの羽秋うら、

遠富士を胸に薫《た》きしめ冬に入る

茶の花も富士もはぢらひ日和かな

蒼海に蔵する雪を富士と呼ぶ

霊峰に微醺ありけり冬の凪

富士ヶ嶺のとほき綿蟲日和かな

夕富士のうす薔薇いろよ枯野行

ニュートリノ衣《そ》とほりひめの初富士へ

山繭

磨る墨ににじむ緋のいろ冬牡丹

蹌踉と水の惑星牡丹焚く

身のうちに炎《ほむら》立つこゑ寒牡丹

おくの火を研ぎ出し牡丹供養かな

幽明のさかひに牡丹焚火かな

ぬばたまの冬帽の闇手渡さる

横顔は男のすがほ波の花

ねぢあがる冬天柏槇の岬

爪さきも触れで狐火ともしけり

寒月を銜へてうねる背山かな

をとこ捨てし男を恋ふる冬の瀧
山藤の帰途なき空を揺らしては

草苺ゆびにふれなばくもる恋
若楓見上ぐる黙《もだ》をともにせり

麦熟るゝかんかんと日は太腿に

夏山は波頭なりけり招かるゝ

春蟬の囃すや森林限界へ
瀧しぶき雲深くひと尋ねたる

起ち上がる雲は密男《みそかを》夏の山
青苔にはづむや盲蜘蛛の恋

息継ぎのなき狂鶯となりゆくも
形代へ吹く息けものの臭きかな

便箋のふちは螢にまかせやる
百物語ひとつ身をひもとかれ

楼閣とおもふ青蚊帳出でにけり
未草夢にはふちのなきものを

海山のあはひひし〱髪洗ふ
とうすみの息よりかろく汝を訪はむ

長《をさ》船《ふね》をよぎる夢二や水の秋

たましひの片割ならむ夜の桃

つくつくし煩悩しじやうおゝ熾盛《しじやう》
秋の庭かたき畳を踏みゆけば

俤をゆらりとわすれ貴船菊

牀上にうら若き月来てゐたり

天人に声ありとせば白桔梗

いくぶんの金沢箔か秋夕焼

夜に入る紫苑の丈を見てあれば

一休の「諸悪莫作」よ秋の潮

踏みなれしかりがね寒き竹のつや

秋灯の一つ〳〵の皓歯かな

板塀のへだてし薔薇や秋の海

老いふかむ茫々の露瑠璃として

のど笛のうす〳〵とあり近松忌

冬晴の死者と握手をしてゐたり

枯蘆の騒《ぞ》めく日のあるうち歩め

駿河湾身ぶるひしたる初日かな

むき〱に三千世界柳の芽

木蓮のつぼみ紊乱はじまれり

春雷の涯《はたて》へひとを送りけり

めつむれば炎《ほむら》いつぽん春颯

長汀やいづら海牛睡るらむ

光陰のもちおもりたる花の池

大枝垂ざくらとなりて抱きやらん

雄の樹に実の一つなし青葉闇

蛇《くちなは》の摺りしおちばの騒《ぞめ》きなる
いまも追ひゆく青芒分けし背な

常住の闇に額づき髪洗ふ

わが恋は天涯を来る瀑布かな

鰺剥くや銀の摺箔ぎんの鬱

撲つたゝく空に出口のなき花火

黒潮の担ぎ来りし荒神輿

こもりくの初瀬のしぶき半夏生

眠りとは天蚕の透きとほるまで

核と銀河

あをあをと水の惑星核の冬

ウクライナ爆破菜の花放射状

なあやめそ柳あをめる昼の月

春霰のましろにうたれ帰去来兮《かへりなん》

筍であれよ砲弾保育所に
鬩ぎあふ四大プレート龍天に

あきつしま卵膜ならんよなぐもり

はにかみの国のまほらや春落葉

涙袋大き法然春の夢

伊豆産の早舟、枯野《からの》。『古事記』

大しだれざくら枯野の琴になれ

早苗籠ひかる不老の谷ならん

植田まださゝ濁りたるめでたさよ

中国古代史万緑のうねりかな

長江や夏あかつきに濁りつゝ

一ひらの竹簡に「天」青すゝき

其処からは東湖したゝる夏柳

星屑に吊られてありぬハンモック

炎帝やことばの壁を突きくづし

ひつたりと閉ぢよくちびる大南風

二〇一八年七月オウム死刑四十三人処刑

ハルマゲドン骨粉となる半夏生

葛の葉のしげらば茂れ毛詩読む

十年は須臾

湯島下『荘子』講読会端居

南冥へ波上げにゆく瀑布かな

まくなぎの変幻自在ポピュリズム

達磨図の耳毛三本秋うらゝ

筆鋒の兀と撥ねたり天高し

オホーツクの波に出でたる花野かな

迎火を聖火リレーのごと点す

みくまりはいづこなるらん菊の露

天皇に人権のなし秋の暮

人類の秋はデジタル会議かな

金のまぶた回す長夜のカメレオン

渦銀河敵も味方もサピエンス
沖つ波ダンテの胸の火が恋し

画狂人またの名卍初しぐれ

群峯は羅漢ならずや冬茜

猪垣にしかと囲まれ夫婦墓

わうごんの落葉まじりぬ親鸞忌

ころあひの羊水はじけ抱く湯婆

仔牛タルタル、ノートルダム氷雨

ブロンズの冬日セーヌに置いて去る

はだかむし

身一つを谷に漱ぐや銀やんま

萩すゝき良寛の書は風はらみ

うろこ雲墓と浮世の間かな

歳月は褶曲なせり夕ひぐらし

さくら蓼池ひとまはりして暮るゝ

木戸なくて秋明菊の迎へかな

億年をちゞめたりしな秋の瀧
秋汀やむねに明珠となりし人

金《こがね》打ち延べし如くに諸の秋

火囲みひざに子を抱く秋の暮

万年筆まはして仕舞ふ冬はじめ

ほとけの母と長いつきあひ小六月

かげふみの影や冬日にぬくもれる
連れ立ちし茶の花あかり峡の奥

筋目まだ通して谷の冬田かな

本尊は冬三日月や峡の奥

待ちくれし枯蟷螂の一文字
さびしさは冬の瀬音に洗ふべし

引くほどに空繰り出しぬ枯かづら

かなしみのいつかつぶらか野水仙

手から手へ渡す小銭や冬ぬくし

『荘子』、座右に半世紀

無《む》何《か》有《いう》の樟にほゝ摺る冬深み

天地よりさきに生れし海鼠かな

ぬたうてる天龍《てんりゅう》川呑みし冬の灘

琅玕の背戸や青女の来ます夜
根の国にともにゆかなむ雪ばんば

足音のあるはずもなし雪しづり

北風や川面くまなきあばら骨

結界とせん白鳥の胸一つ

初凪に鯤の一搏あれよかし

山水を満たす湯殿や四方の春

跳ねかへるもの福笹と呼びにけり

今宵こそ蓬萊山に登らなむ

寒の竹むく〳〵五百羅漢たり

寒晴にあり半月と半生と

蠟梅のひと待つは風きざむこと

かたむいて故山喚けり冬の梅

つち吹けば翅はら〳〵とふきのたう

磐座にふた俣なりぬ山葵沢

悼・芳賀徹先生　二〇二〇年二月二〇日

草芳し「死んだらそこらへんにゐる」

三椏のまだ色づかぬ湖水かな
ほどもなく松籟に花満つるらん

峡の奥すべる鴉や春ゆふべ

ほそ道やひかり長けたる花ふゞき

暮れなづむふちにあそぶやいろは川

雨あしにくぼむ春水ちゝとはゝ

春深し薩摩切子のちろり酌み

昼の月銀の茅花を抽きやらん

腐葉土や踵よろこぶ若葉雨

白菖蒲ほどけ風神招きたり

金《こん》色《じき》のたまゆら深し夏の蝶
汝が筆は青すゝきかと問はれけり

天水のほそきウエスト胡瓜嚙む
まつしろに草薙ぎわたりはたゝ神

死んでから好きになる父母合歓の花

白玉を水に放つや夢のあと

雲根のみなもといづこ夕涼み

陶枕にしづむ星海わたらんか

ひた向けば大鏡なり青はちす

うちよするするがのくにのはだかむし

瀧行の打たれていのちあふれけり

句集　はだかむし　畢

あとがき

天空の書斎に恵まれた。冬は安倍川のほかほか日あたる石河原。春は水見色川の花の奥。野山に新茶のさみどりがはしれば、小瀧のそばの楓の下が涼しい。本書はその岩場を机と椅子に、水音を聞きつつ選句にはげんだ。透きとおる若楓はいつか青天井になり、木末のかなたの駿河湾は、すでに秋めく紺青の帯をながしている。

毎日、車を別方向へちょっと走らせるだけ。歩み出す起点さえ変えればよかった。そこに限りない散歩コースが生まれる。気づかせてくれたのは、ほかならぬコロナ禍。思いがけないこぼれ幸いだった。ふるさとの山谷を一人ほっつき歩いた。

多くの俳句がこうして水ほとりに生まれた。駿河は急流の郷《くに》である。あばら家の縁石を洗うせせらぎに始まり、蓼科川、玉川、興津川、笹間川、大井川…、うつろう銀いろの蛇行によびかけられる。運転に気合を入れれば、深緑の天竜川や、男っぽい富士川も待っている。日々流れの変わる川ほど、こころ安まるところはない。

たまの海外でも癖は抜けない。近代建築やご馳走よりいい。ウィーンの古都を抜けて、ドナウ川に会いに行った。人気《ひとけ》ない小さな駅を下りて、水波を前に長いことしゃがみこんだものだ。いまはたまらない。あのモスグリーンの静かな水が、きな臭い黒海、戦乱のウクライナのほとりに流れ入ることを思うと。「核」と地球温暖化は、季語の本意《ほい》さえ変えかねない。

論作のせめぎ合いを素志としてきたのは、哀しいほど美しい自然に溺れないため。季語のみなもとを「興」に、切れを日本文化の入れ子構造に見出した『渾沌の恋人《ラマン》　北斎の波、芭蕉の興』（春秋社）と同年の刊行が叶い感謝している。

あまたの散歩コースにも十八番はある。富士山から伊豆半島、駿河湾、安倍川、通った小中高の町並みまでを一望するひそやかな丘。先日、その山路でたまにゆき会う人と立ち話をした。互いの川好きが判明。でも目的はちがった。

「釣りたての鮎があるからやるよー。釣るのが趣味で食べないから」

「えっ、いいのー」

ちょうどお盆休みの家族と、塩焼きを頭から尻尾まで丸ごと食した。うす蒼い苔を喰む鮎たちとすれ違って泳いだ奥藁科の清流がよみがえる。みみもとにひぐらしの声。ボスなき半世紀のあゆみを、みどりの谷の香魚たちは笑ってくれるだろうか。

第五句集『はだかむし』は二〇一六年夏から二〇二二年春までの作品を篩にかけ、三七一句とした。書名は『大戴礼記《だたいらいき》』に拠る。「ただ人のみは裸匈《らきよう》となりて、のち生ずるなり。陰陽の精なればなり」。人間は毛も羽も甲羅も鱗もないはだかんぼうの虫だが、陰陽のまじりけのない精を受けて生まれるという。

出版にあたって、『俳句』編集長の石川一郎氏と書籍編集部の村上ふみ氏、装丁家の南一夫氏に懇切な労をお取りいただいた。記してお礼申し上げる。

本句集がやわらかな胸に、ささやかな水輪を広げる一粒の水切り石のように迎えていただけたらうれしい。新たな出会いに稽首する。

二〇二二年　新秋の富士を仰いで

藁科庵　恩田侑布子

著者略歴

恩田侑布子（おんだ・ゆうこ）

俳人。文芸評論家。

一九五六年九月、静岡市生まれ。早稲田大学第一文学部文芸専攻卒。

「酔眼朦朧湯煙句会」、連句「木の会」終会まで所属。「豈」同人を経、現在、「楪《あらき》」代表。

ウェブ誌 http://araki-haikukai.sakura.ne.jp
現代俳句協会賞選考委員。神奈川大学全国高校生俳句大賞選考委員。

日本文藝家協会会員、SBS学苑俳句講師。

二〇一四年一月・十二月、二〇一九年二月、国際交流基金の援助を得てコレージュ・ド・フランスやパリ日本文化会館など、フランス講演六回。

句集に『イワンの馬鹿の恋』（ふらんす堂、二〇〇〇年）、『振り返る馬』（思潮社、二〇〇五年）、『空塵秘抄』（角川学芸出版、二〇〇八年）。編著に『久保田万太郎俳句集』（岩波文庫、二〇二一年／Amazonオーディブル解説と朗読、二〇二二年）。共著多数。

評論『余白の祭』（深夜叢書社、二〇一三年）により第二十三回Bunkamuraドゥマゴ文学賞、二〇一七年、句集『夢洗ひ』（KADOKAWA, 二〇一六年）により第六十七回芸術選奨文部科学大臣賞、第七十二回現代俳句協会賞、論作の実績により二〇一八年第九回桂信子賞を受賞。

句集　はだかむし

初版発行　2022年11月7日

著　者　恩田侑布子
発行者　石川一郎
発　行　公益財団法人　角川文化振興財団
〒359-0023　埼玉県所沢市東所沢和田3-31-3
ところざわサクラタウン　角川武蔵野ミュージアム
電話 050-1742-0634
https://www.kadokawa-zaidan.or.jp/
発　売　株式会社　KADOKAWA
〒102-8177　東京都千代田区富士見2-13-3
電話 0570-002-301（ナビダイヤル）
https://www.kadokawa.co.jp/
印刷製本　中央精版印刷株式会社

©Yuko Onda 2022 Printed in Japan ISBN978-4-04-884512-0 C0092